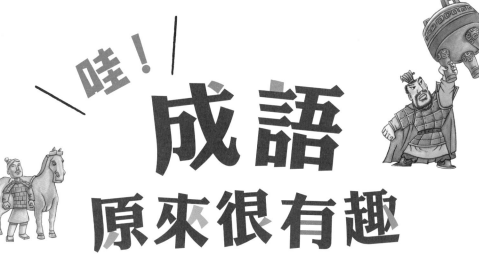

哇！

成語
原來很有趣

3 戰爭故事篇

作者／鄭軍　繪者／鍾健、蘆江

如何使用本書？

　　成語是傳統文化的沉澱與精華，也是語文學習很重要的部分，為了使學習和閱讀更有效，本書根據小讀者的閱讀習慣和興趣規劃不同的單元，以期達到「喜歡看、記得住、會使用」的效果。

地圖中是什麼？

　　根據成語中的歷史事件所處的朝代繪製當時的地圖，並註明今天對應的地名，讓小讀者了解故事發生的朝代與地點，達到時間與空間的對應。

草船借箭

　　在赤壁大戰前，諸葛亮前往東吳遊說與蜀漢結盟，共同抵禦曹操。但在說服結盟的過程中，諸葛亮表現出來的才華讓周瑜感到威脅，認為此人不除，日後必成東吳大患。有一天，周瑜對諸葛亮說：「水戰需有足夠的弓箭，請先生在十天內造出十萬支箭。」機智的諸葛亮一眼就識破這是一條害人之計，他淡定的回答：「十天太久了，三天就能造好。」並且立下軍令狀。後來，諸葛亮請好友魯肅幫忙準備二十艘小船，每艘船上安排三十名士兵，並紮滿稻草人。準備完成的第一天，諸葛亮絲毫沒有造箭的動作，第二天也是，魯肅因此感到非常著急。到了第三天半夜，諸葛亮命令士兵把船駛向曹軍大營。當船到了曹軍大營附近，江上正好起了大霧，這時諸葛亮命令船上的士兵敲鑼打鼓。曹操聽到聲音，以為敵人來了，但是霧太大又不敢貿然出擊，便命令士兵放箭。一瞬間，曹軍箭如雨下，都射到了稻草人身上。最後，諸葛亮滿載著十萬多支箭回到軍營。周瑜對諸葛亮的神機妙算讚嘆不已，直言自己比不上他。

故事裡有什麼？

　　用詼諧幽默的文字為小讀者講述成語的來源，並且搭配生動活潑的插圖，讓他們一下子就能將成語融會貫通。而且，透過有趣的故事，更能激發小朋友學習成語的興趣。

「爆笑成語」的作用是什麼？

　　「爆笑成語」是以小讀者的日常生活體驗作為場景，讓他們在具有趣味性的對話中再次加深對成語語境的理解，並且在笑聲中學會成語的運用。

「成語小學堂」是介紹什麼？

　　「成語小學堂」是介紹小讀者感興趣的成語延伸知識，例如歷代名人、成語故事背景、地方見聞，並且搭配插圖，以便更加理解內容。

插圖畫什麼？

　　配合書中內容所繪製的精美插圖，重現了故事中的歷史場景，加深小讀者對故事的理解！

生僻字注音

　　注音隨文排版，讓小讀者閱讀內容時能更加順暢。

前　言

　　戰爭留給人的印象總是恐怖和殘酷的，據統計，人類幾千年的文明史中，大大小小的戰爭不計其數，沒有戰爭的時期加起來只有三百年。儘管愛好和平的人們憎恨戰爭，但當不得不面對可能發生的戰爭時，如何化解和消弭爭端？當面對強敵的入侵時，如何臨危不亂？這就要看將帥的智慧和膽量了。以古代中國人為例，他們將戰爭中的策略發揮到了極致，例如兩千多年前的《孫子兵法》，至今

仍被許多著名的軍事院校視為必讀書籍，而孫子認為

「不戰而屈人之兵」才是戰爭的最高境界。

　　本書精心挑選了 22 個中國歷史上有名的戰爭，

用淺顯易懂、幽默詼諧的文字，讓小讀者從故事中感

受古代名將的智慧、勇猛、堅韌，以及不屈不撓的態

度，而這也是中華民族千百年來鐫刻在身體裡的不朽

精神。

為了讓小朋友能活學活用，書中設計了多個單元，如成語故事、參考地圖、看圖猜成語、成語小字典、成語接龍、爆笑成語、成語小學堂等。另外，每一個成語故事均搭配了精美的插圖，讓大家能穿越時間和空間，體驗成語的魅力。

　　透過這些精彩的內容，小朋友能充分理解並且學會使用成語！

目 錄

草船借箭

在赤壁大戰前，諸葛亮前往東吳遊說與蜀漢結盟，共同抵禦曹操。但在說服結盟的過程中，諸葛亮表現出來的才華讓周瑜感到威脅，認為此人不除，日後必成東吳大患。有一天，周瑜對諸葛亮說：「水戰需有足夠的弓箭，請先生在十天內造出十萬支箭。」機智的諸葛亮一眼就識破這是一條害人之計，他淡定的回答：「十天太久了，三天就能造好。」並且立下軍令狀。後來，諸葛亮請好友魯肅幫忙準備二十艘小船，每艘船上安排三十名士兵，並紮滿稻草人。準備完成的第一天，諸葛亮絲毫沒有造箭的動作，第二天也是，魯肅因此感到非常著急。到了第三天半夜，諸葛亮命令士兵把船駛向曹軍大營。當船到了曹軍大營附近，江上正好起了大霧，這時諸葛亮命令船上的士兵敲鑼打鼓。曹操聽到聲音，以為敵人來了，但是霧太大又不敢貿然出擊，便命令士兵放箭。一瞬間，曹軍箭如雨下，都射到了稻草人身上。最後，諸葛亮滿載著十萬多支箭回到軍營。周瑜對諸葛亮的神機妙算讚嘆不已，直言自己比不上他。

赤壁之戰戰前形勢圖：曹軍與孫劉聯軍隔江對峙。

箭無虛發❷　草船借箭❶

成語小字典

【解　釋】　運用智謀，憑藉他人的人力或財力來達到自己的目的。

【出　處】　元末明初‧羅貫中《三國演義》

【相似詞】　借刀殺人

【相反詞】　自力更生

成語接龍

草船借箭→箭無虛發→發揚光大→大張旗鼓→鼓舞人心→心靈手巧→巧立名目→目不暇接→接二連三→三生有幸→幸災樂禍→禍不單行

我今天跟墨墨借了兩本漫畫書。

墨墨從不借書給別人，你是怎麼辦到的？

我跟她說要是借兩本書給我看，我就幫她做一週的值日生。

原來不是白借的！

1 **2**

3 **4**

可是我根本沒幫她做值日生，而是用了借兵之計！

難道是草船借箭之計？

我告訴大壯，只要他幫我做一週的值日生，我就把其中一本書借給他看，他高興的答應了。

@#￥%

10

成語小學堂

赤壁在哪裡？

　　說起赤壁，人們第一個想到的應該是赤壁之戰。這場中國歷史上著名的以少勝多的戰爭，經過《三國演義》廣為流傳和民間的口耳相傳，可說是家喻戶曉。那麼，歷史上的赤壁在哪裡呢？

　　赤壁之戰究竟發生在何處，歷來說法不一。據南宋王象之的《輿地紀勝》記載，今湖北武漢市蔡甸區東臨嶂山、漢川市西赤壁山、黃岡市西北赤鼻山、武漢市武昌西南赤磯山、赤壁市西赤壁山，當時均被認為是「赤壁之戰」的赤壁山。

　　赤壁市（原蒲圻縣）赤壁山之說，出自唐代李吉甫《元和郡縣圖志》。

　　今武漢市武昌西南赤磯山之說，出自南朝宋盛弘之的《荊州記》和北魏酈道元的《水經注》。

　　經過不少專家和學者考證，加上對史料的研究，目前一致認為當年的赤壁之戰發生在今武昌赤磯山，而赤壁市赤壁山無疑也是赤壁古戰場的重要發生地。

草木皆兵

　　東晉的時候，統一了北方的前秦國君苻堅率領八十萬大軍逼臨淝水，準備攻打東晉，東晉派大將謝玄、謝石帶領八萬精兵抗敵。苻堅認為東晉兵馬少，想憑自家兵馬眾多的優勢打敗晉軍，沒想到晉軍靠著奇襲，重挫苻堅的軍隊，前秦軍像潮水般逃走，只要看見東晉軍隊就像羊群碰到了狼一樣膽戰心驚。東晉軍和前秦軍隔河相對，淝水之戰前，苻堅與弟弟苻融登上城樓眺望東晉軍隊，發現東晉軍訓練有素，將士鬥志高昂。他們又看見不遠處的八公山上長著許多類似人形的草木，竟然以為這些都是東晉的伏兵，因此露出害怕的表情，驚恐萬分。

　　後來，謝玄、謝石帶領東晉軍隊在淝水打敗前秦軍，苻融被殺，苻堅被箭射中，倉皇逃竄。前秦軍一路逃回洛陽，只剩下十萬人馬。

泝水：泝水之戰主戰場，在今中國安徽省瓦埠ˋ湖一帶。

❷劍拔弩張　❶日薄西山

【解　釋】　見到風吹草動，都以為是敵兵。形容疑神疑鬼、驚恐不安。

【出　處】　唐·房玄齡等《晉書·苻堅載記下》

【相似詞】　風聲鶴唳ㄌ、杯弓蛇影

【相反詞】　處變不驚

草木皆兵→兵臨城下→下里巴人→人來人往→往返徒勞→勞苦功高→高山流水→水落石出→出頭之日→日薄西山→山南海北→北面稱臣

13

1 2

3 4

成語小學堂

中國古代著名戰役——淝水之戰

　　中國歷史上，淝水之戰和赤壁之戰、官渡之戰都是以少勝多的著名戰役。383 年，前秦的國君符堅準備南下進攻東晉，統一天下。

　　前秦約有八十萬大軍，而東晉只有八萬，兩軍實力懸殊。面對前秦的強大攻勢，東晉暫停內部的分歧，一致對外抗敵。宰相謝安沉著指揮，下令東晉軍隊水陸並進，直逼淝水東岸。符堅登壽陽城，看見東晉軍隊訓練有素，又望八公山（在今安徽壽縣）上長著許多像人形的草木，以為這些皆是東晉的士兵，心裡很害怕。謝玄針對符堅仗著兵士眾多、輕敵又急於決戰的想法，遣使要求前秦軍稍微向後撤，以便東晉軍渡河決戰。符堅想趁東晉軍渡河到一半時，命令騎兵衝殺，於是下令稍退。然而，前秦軍一退便無法停止，加上在襄陽被俘的東晉將士朱序趁機大喊「前秦敗了」，導致前秦軍大亂。東晉軍利用機會搶渡淝水，展開猛烈的進攻，終於打敗前秦軍。被擊潰的前秦軍逃跑時聽見風聲鶴唳，以為是追兵，因此晝夜奔跑。最後因饑寒交迫，死傷者眾多，而符堅也在此戰被流箭所傷，只能狼狽逃跑。

破釜沉舟

秦朝末年，群雄起義反秦，秦將章邯率兵攻趙，以重兵圍攻鉅鹿。危急情況下，項羽先派出一支軍隊救援鉅鹿。後來，趙國又請求項羽派更多兵力支援，於是項羽帶領全部的軍隊渡過漳水，準備與秦軍決一死戰。大軍渡河後，項羽命令士兵們將渡河的船弄沉，並且讓他們飽餐一頓後，打破煮飯的鍋子，燒掉駐紮的營地，每個人只帶三天的乾糧，以示必死的決心。項羽還慷慨激昂的說：「我們已經沒有退路了，大家必須奮勇直前才能打敗敵人。」士兵們聽了之後士氣高漲，喊聲震天，勇猛殺向秦軍，一舉殲滅秦軍主力。

漳水：中國河南、河北兩省的分界線。

答案：❶竹籃打水 ❷水滴石穿

成語小字典

【解　釋】 打破鍋釜又鑿沉船，讓自己沒有退路，以求戰爭勝利。後比喻不惜切斷自己的退路，以求努力獲得最好的成果。

【出　處】 西漢・司馬遷《史記・項羽本紀》

【相似詞】 背水一戰、濟河焚舟、孤注一擲、背城借一

【相反詞】 急流勇退、退避三舍、棄甲曳兵、望風而逃

成語接龍

破釜沉舟→舟車勞頓→頓足捶胸→胸有成竹→竹籃打水→水滴石穿→穿鑿附會→會者不忙→忙裡偷閒→閒言碎語→語重心長→長話短說

1 2

3 4

中國古代著名戰役——鉅鹿之戰

項羽率領五萬楚軍攻破二十萬秦軍的鉅鹿之戰，和淝水之戰一樣，都是歷史上以少勝多的著名戰役。秦軍統帥王離率軍包圍鉅鹿城，被圍困的趙王便向各國求援。楚懷王命宋義為上將軍、項羽為次將、范增為末將，帶領五萬楚軍援救趙國。軍隊行至安陽（今山東曹縣）後，宋義卻按兵不動四十六天，想旁觀秦趙相鬥。之後項羽斬殺宋義，獲封上將軍，統領五萬楚軍。

項羽率領全軍渡過漳水，命令軍士們鑿沉船隻，燒掉駐紮的營地，而且每個人只帶三天乾糧，以示必死的決心。然後，楚軍以迅雷不及掩耳的速度直奔鉅鹿，包圍王離的軍隊，而項羽的做法大幅提升士氣，楚軍越戰越勇，經過數次激烈的戰鬥，終於打退章邯、活捉王離。隨後，章邯在洹水南岸的殷墟（今河南安陽西北）投降。其他秦軍將士死的死、逃的逃，圍困鉅鹿的秦軍就這樣被楚軍瓦解了。

勢如破竹

蜀漢滅亡之後，西晉武帝司馬炎準備南下進攻吳國，但是大臣們以時機還不成熟為由，紛紛勸阻，只有大將杜預贊成出兵。於是，司馬炎派杜預率領軍隊攻打東吳。戰事非常順利，短短數日就占領了吳國許多城池。杜預原本想乘勝追擊，卻遭到某些大臣反對，認為南方正是雨季，容易河水氾濫，加上氣候炎熱，容易生病，不利於行軍打仗，不如暫停進攻，等到冬天再說。不過杜預不以為然，他說晉軍現在士氣高昂，如果趁機伐吳，就像用刀劈開竹子一樣，只要劈開前面幾節，下面也會順著刀勢輕易的劈開了。司馬炎認為杜預說得有理，便讓晉軍繼續進攻，果然連戰連勝，很快就滅了吳國。

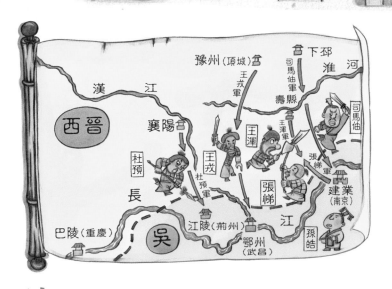

看圖猜成語

❷舞文弄法　❶勢如破竹

建業：今中國江蘇省南京市，是三國時期東吳重要的政治、經濟、文化中心。

成語小字典

【解　釋】　形勢如同劈竹子一般，只要劈開上端，底下自然就會隨著刀勢分開。比喻戰事進展順利，毫無阻礙。後亦比喻事情進展順利，毫無阻礙。

【出　處】　唐・房玄齡等《晉書・杜預列傳》

【相似詞】　長驅直入、勢不可當

【相反詞】　節節敗退、望風披靡

成語接龍

勢如破竹→竹籃打水→水落石出→出人頭地→地久天長→長袖善舞→舞文弄法→法不責眾→眾口鑠金→金戈鐵馬→馬耳東風

1 2
3 4

成語小學堂

三國的最後一戰——西晉滅吳之戰

　　英雄輩出的三國時期發生了許多著名的戰役，如官渡之戰、赤壁之戰等。

　　279 年，西晉武帝下令攻打東吳，二十多萬晉軍分六路出擊。司馬伷、王渾兩路負責牽制吳軍主力，杜預等四路負責主攻。杜預率領的晉軍屢戰屢勝，攻占江陵等地，吳軍畏懼，紛紛投降。司馬伷、王渾帶領的晉軍也屢敗吳軍，直抵長江北岸，逼近建業。

　　吳國皇帝孫皓得知晉軍逼近建業，十分驚慌，急忙派丞相張悌率軍抵禦晉軍。張悌率領吳軍向上游進軍，在版橋與王渾相遇，結果吳軍慘敗，張悌戰死。王渾擊敗吳軍精銳後，部下建議他乘勝追擊，直取建業，但他為人謹慎，沒有聽從。不久，王濬、唐彬率軍抵達建業，孫皓不敵只好投降，東吳滅亡。至此，西晉完成統一大業，全國統一。

堅壁清野

　　東漢末年，曹操鎮壓黃巾起義後占領了兗州，他準備繼續擴張勢力範圍，便想攻占徐州。但這時呂布占據濮陽，還不時侵擾曹操，使曹操一時無法全力進攻徐州。不久，徐州守將陶謙去世，把徐州讓給了劉備，曹操知道後更是心急，於是準備全力攻打徐州。曹操的謀士荀彧急忙阻止曹操說：「現在我們只有兗州這一塊立足之地，應該保存力量。我聽說徐州的麥子已經熟了，他們連夜發動人力收割，並將所有的牲畜趕進城裡，還拆除城外的房屋，連野菜和青草都拔光了，水井也被土填上。如果我們攻不下城池，又沒有糧食，處境會十分危險。而且萬一呂布趁機奪取兗州，我們就真的無家可歸了，請您要仔細考慮啊！」

　　曹操認為荀彧說得有道理，便放棄攻打徐州，專心對付呂布。之後，曹操打敗呂布，平定了兗州。

東漢末年的徐州：包括今中國山東南部和江蘇的大部分地區。

❶ ㄖㄣˊㄕㄢ ❷ 舟車勞頓

成語小字典

【解　釋】 堅壁，堅固堡壁，使敵人不易攻破；清野，清除郊野的糧草房舍，轉移可用的人員和物資，使敵人欠缺補給而無法久戰。指一種作戰策略，使敵人即使在攻下據點之後，也無法長期占領。

【出　處】 南朝宋・范曄《後漢書・鄭孔荀列傳・荀彧》

【相似詞】 焦土政策

成語接龍

堅壁清野→野鶴閒雲→雲泥異路→路人皆知→知足常樂→樂在其中→中饋乏人→人山人海→海闊天空→空前絕後→後來居上→上下一心

當敵人入侵時，人們會用挖地道、加強防禦的工事、把糧食藏起來等方法對付敵人。

你知道的還真不少！

我知道，這叫做堅壁清野。

為什麼？

因為我有很深的體會啊！

@#￥%

我媽最近把我所有的漫畫書和零食都收起來了，簡直跟對付敵人一樣。

1 2

3 4

中國歷史名城——徐州

　　徐州，古稱彭城，是中國歷史文化名城。帝堯時期，封彭祖建大彭氏國，徐州自此稱彭城。歷史上，徐州為華夏九州之一，自古便是北國鎖鑰、南國門戶、兵家必爭和商賈雲集之地，是淮海地區的政治、經濟和文化中心。

　　徐州有超過六千年的文明史和兩千六百年的建城史，是著名的帝王之鄉，有「千年龍飛地，一代帝王鄉」的美譽，也有「九朝帝王徐州籍」之說。

　　徐州歷史文化悠久，有「彭祖故國、劉邦故里、項羽故都」之稱，因其擁有大量的文化遺產、名勝古蹟和深厚的歷史底蘊，也被稱作「東方雅典」。此外，徐州有大量兩漢文化遺存，以漢墓、漢畫像石、漢兵馬俑為代表的「漢代三絕」名揚海內外，也有「兩漢文化看徐州」之說。

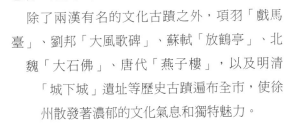

　　除了兩漢有名的文化古蹟之外，項羽「戲馬臺」、劉邦「大風歌碑」、蘇軾「放鶴亭」、北魏「大石佛」、唐代「燕子樓」，以及明清「城下城」遺址等歷史古蹟遍布全市，使徐州散發著濃郁的文化氣息和獨特魅力。

四面楚歌

秦朝滅亡後，項羽和劉邦為了爭奪天下，一直僵持不下，之後雙方約定以鴻溝為界，以東為項羽所有、以西則歸於劉邦。後來，劉邦聽從謀士張良等人的建議，率兵攻打已經撤退的楚軍，並且聯合其他將領的軍隊，將楚軍圍困在垓下。這時候的楚軍死傷慘重，糧食也快吃完了，夜裡竟然從漢軍陣營傳來楚地的歌謠。楚軍士兵聽到歌謠，不禁想起很久沒有回去的故鄉，而項羽聽到後，吃驚的說：「難道漢軍已經占領楚地了嗎？不然為什麼漢軍裡的楚人會那麼多！」因為自認局勢已經到了無法挽救的地步，於是連夜帶著士兵突圍向南逃跑，最後項羽逃到烏江邊，自刎而死。

看圖猜成語

垓下：楚漢相爭決戰地點，在今中國安徽省靈壁縣境內。

❶人仰馬翻　❷搖旗吶喊

成語小字典

【解　釋】　四面都是楚國的歌謠。後比喻四面受敵，孤立無援。

【出　處】　西漢・司馬遷《史記・項羽本紀》

【相似詞】　四面受敵、腹背受敵、孤立無援

【相反詞】　左右逢源

成語接龍

四面楚歌→歌舞昇平→平易近人→人仰馬翻→翻天覆地→地動山搖→搖身一變→變本加厲→厲兵秣馬→馬首是瞻→瞻前顧後→後會有期→期期艾艾

1 2
3 4

成語小學堂

楚漢相爭最終戰——垓下之戰

　　西元前 207 年，秦王朝滅亡。之後，項羽和劉邦為了爭奪天下，展開激烈的爭戰，史稱「楚漢相爭」。

　　西元前 202 年十月，項羽引軍東撤，劉邦率軍追擊。同年十二月，項羽軍隊撤至垓下，被漢軍重重包圍，陷入一籌莫展的絕境。為了進一步動搖和瓦解楚軍，一天夜裡，劉邦下令漢軍唱起楚歌，楚軍聽了，越發思念自己的家鄉。項羽也大為吃驚，說：「難道漢軍已經占領楚地了嗎？不然為什麼漢軍裡的楚人會那麼多！」項羽不安到無法入睡，在軍帳裡飲酒消愁。項羽身邊有一個美人叫虞姬，多年來與他形影不離，還有一匹經常騎乘、毛色青白相間的駿馬，他看著眼前的美人、想起心愛的駿馬，忍不住唱起歌來：「力拔山兮氣蓋世，時不利兮騅不逝！騅不逝兮可奈何？虞兮虞兮奈若何！」後來，項羽見大勢已去，帶了八百名騎兵連夜突圍南逃。第二天天亮，劉邦發現項羽突圍而去，便派灌嬰帶領五千名騎兵追趕。

　　項羽領兵且戰且退，退至和縣烏江（今安徽境內），被迫自刎。劉邦乘勝追擊，很快就平定了江南，之後建立漢朝，一統天下。

退避三舍

春秋時期，晉獻公寵愛的驪姬設計害死了太子申生，又慫恿晉獻公派兵捉拿另外兩個兒子——重耳、夷吾，於是兩人先後逃奔出國。重耳流亡到許多國家，但大部分國家的君王對他都不怎麼禮遇。最後他到了楚國，楚成王以酒宴盛情款待，並且問：「如果你將來回到晉國當國君，要如何報答我呢？」重耳回答：「奴僕和金銀財寶，您不會希罕，而珍禽異獸的羽毛皮革，則是楚國的特產。如果將來晉國和楚國打仗，我會要求我的軍隊向後撤退九十里，來報答您的恩惠。但如果楚軍仍繼續進攻，我只好拿起弓箭和您對抗了。」過了十九年，重耳回到晉國當上國君。有一年，楚國攻打晉國，重耳兌現當年的諾言，讓晉國軍隊後退九十里。

看圖猜成語

城濮：春秋時期晉、楚兩國曾在此交戰，在今中國山東鄄城西南。

答案：❶對酒當歌 ❷海底撈針

成語小字典

【解　釋】 舍，古人以三十里為一舍。指作戰時，將部隊往後撤退九十里。後比喻主動退讓，不與人相爭。

【出　處】 《左傳・僖公二十三年》

【相似詞】 委曲求全、遠而避之

【相反詞】 周旋到底、當仁不讓

成語接龍

退避三舍→舍己從人→人定勝天→天長地久→久仰大名→名揚四海→海底撈針→針鋒相對→對酒當歌→歌舞昇平→平步青雲→雲開見日

班際比腕力大賽

投降

1 2
3 4

這叫退避三舍！

哪是退避三舍，
這叫自知之明。

成語小學堂

中國古代著名戰役——城濮之戰

春秋時期，齊國首先稱霸，但是齊桓公死後國力逐漸衰退，而南方的楚國勢力則越來越強。此時，已經流亡在外十九年的晉國公子重耳回到晉國當上國君，在他的治理之下，晉國日益強大，一些小國先後依附晉國。楚國對此不滿，派兵攻打晉國的附屬國宋國，於是宋國向晉國求救，晉楚大戰一觸即發。晉方陣營有晉、齊、秦三大國和宋國，楚方陣營則有楚、陳、蔡、鄭、許五國軍隊，雙方大隊人馬在城濮擺開陣勢。

西元前 632 年，楚、晉開戰。晉軍將馬蒙上虎皮，以壯大聲勢並混淆敵軍視覺。楚軍進攻之後，秦軍假意撤退，然後將樹枝拖在兵車後飛奔，頓時塵沙飛揚，致使楚軍看不清楚晉軍後方的虛實。晉軍大批兵車再於隆隆戰鼓聲中衝出，由於馬身上都蒙著虎皮，使得敵軍戰馬驚嚇狂奔，陣腳大亂。經過一番激戰，楚軍終於支撐不住，陷於重圍，最終晉軍獲得這場戰役的勝利。

一敗塗地

　　秦朝末年，沛縣的縣令命令亭長劉邦押送一批苦力到驪山修建秦始皇陵，走到半路的時候，因為下雨，接二連三跑了很多人。劉邦心想：這樣下去，就算到了驪山也會受罰，於是把剩下的人都放了，帶著願意跟隨他的人跑到山裡躲起來。

　　後來因為沛縣縣令的號召，劉邦帶著上百名徒眾，準備回鄉響應陳勝、吳廣的起義。但當大批人馬抵達時，縣令擔心有變數，又反悔了，命人將城門關閉，不讓他們進來。劉邦便寫了一封信給城中百姓，然後綁在箭上射入城裡，號召他們殺掉縣令，響應起義的諸侯，反抗暴秦。城裡的百姓看見書信，果然殺掉了縣令，打開城門迎接劉邦進城。大家一致推舉劉邦為新任縣令，不過劉邦卻推辭說：「現在天下形勢緊張，如果縣令推舉不好就會一敗塗地，請大家選別人吧！」最後，劉邦還是被推舉為縣令，並且帶領起義軍推翻暴秦。

❶

❷

❶門當戶對　❷龍鳳呈祥

沛

沛縣：秦縣名，在今中國江蘇省徐州市沛縣。

成語小字典

【解　釋】　一旦戰敗身死，將會是肝腦塗滿大地。後形容做事失敗，到了無法收拾的地步。

【出　處】　西漢·司馬遷《史記·高祖本紀》

【相似詞】　丟盔卸甲、潰不成軍、一蹶不振

【相反詞】　百戰百勝、所向披靡、勢如破竹

成語接龍

一敗塗地→地動山搖→搖頭晃腦→腦滿腸肥→肥豬拱門→門庭若市→市井小人→人中之龍→龍飛鳳舞→舞文弄墨→墨守成規→規行矩步

成語小學堂

驪山秦始皇陵

　　秦始皇陵是中國歷史上第一位皇帝——秦始皇嬴ㄧㄥˊ政的陵寢，位於今陝西省西安市臨潼ㄊㄨㄥˊ區驪山北麓ㄌㄨˋ。秦始皇在位時，徵召幾十萬民工為他修建陵墓，歷時三十多年，直到秦朝滅亡，陵園都還沒有完工。當年，劉邦就曾帶領苦力去建造秦始皇陵。

　　秦始皇陵極為雄偉，即使經過兩千多年的風化和人為破壞，現在依然高達五十多公尺，周長近兩千公尺。據史料記載，陵寢中建有各式各樣的宮殿，埋藏很多奇珍異寶，還用水銀模擬江河湖海。陵墓周圍有許多陪葬坑，其中最著名的就是被稱為「世界第八大奇蹟」的秦始皇陵兵馬俑。秦始皇陵是世界上規模最大、最壯觀的帝王陵寢之一，聯合國教科文組織將其和兵馬俑坑列入《世界遺產名錄》。

一鼓作氣

春秋時期，齊國出兵攻打弱小的魯國。有個叫曹劌的魯國人精通兵法，和魯王共乘一輛兵車。兩軍在長勺這個地方擺開陣形，準備戰鬥。齊軍「咚咚咚」敲響了戰鼓，這是準備開戰的命令，齊軍士氣瞬間高漲。但曹劌卻請魯王等一等，齊軍見魯軍沒有出擊，有點洩氣。過了一會兒，齊軍第二遍戰鼓聲響起，曹劌仍請魯王不要迎戰，齊軍見魯軍還是沒有出擊，更加垂頭喪氣。等到齊軍第三遍戰鼓聲響起，魯軍依然不動，齊軍徹底沒了鬥志，陣形也亂了。這時，曹劌說魯軍可以出擊了。當戰鼓聲一響，魯軍氣勢正盛，喊殺聲震天，衝向敵營。最終，齊軍大敗，狼狽逃跑。

戰爭過後，魯王詢問曹劌為何要等齊軍響起三遍戰鼓，才讓魯軍出擊，曹劌回答：「軍隊最重要的是士氣，第一遍擊鼓士氣最盛，第二遍就有些衰落，到第三遍士氣就沒有了。我們則是一鼓作氣，所以打敗了敵人。」

長勻：在今中國山東省濟南市萊蕪區東北。

成語小字典

【解　釋】　古代作戰時，第一通鼓最能激起戰士們的勇氣。後比喻做事時要趁著初起時的勇氣去做才容易成功。

【出　處】　《左傳・莊公十年》

【相似詞】　一氣呵成、打鐵趁熱、及鋒而試

【相反詞】　半途而廢、再衰三竭

成語接龍

一鼓作氣→氣吞山河→河決魚爛→爛熟於心→心安理得→得心應手→手無寸鐵→鐵石心腸→腸枯思竭→竭澤而漁

1 2

3 4

成語小學堂

曹劌論戰

　　齊國和魯國長勺之戰前夕，魯國的曹劌和魯莊公有過一次著名的辯論，歷史上稱為「曹劌論戰」。當時，曹劌只是個平民百姓，他聽說齊國軍隊要攻打魯國，便請求面見魯莊公獻計。他的同鄉說：「打仗是朝廷的事，你又何必參與呢？」曹劌說：「那些朝廷官員目光短淺，沒有深謀遠慮。」

　　當曹劌見到魯莊公時，問道：「您憑藉什麼作戰？」魯莊公說：「衣食等生活所需，我不敢獨占，一定分給老百姓。」曹劌回答：「這些小恩小惠不能遍及百姓，他們不會順從您的。」魯莊公又說：「我祭祀上天的時候，豬、牛、羊和玉器、絲織品等祭品不敢虛報數量。」曹劌說：「這只是小小的信用，上天也不會保佑您。」魯莊公又說：「我斷案的時候，按照案情合理判決。」曹劌回答：「這才是國君應盡的本職，就憑這一點，您可以打這一仗，而且能夠取勝。」後來果然如曹劌所說，魯國大勝。

作壁上觀

　　秦朝末年，秦國將領章邯率兵攻打趙王歇，趙軍大敗，趙王和大將們逃到鉅鹿，但秦軍緊追不捨，於是楚國和其他諸侯國紛紛出兵援助。

　　之後，楚國項羽派大軍渡過漳河，準備與秦軍決一死戰，而其他前來援救的諸侯國雖然也攻下了十多個營壘，但並未繼續發動強烈的攻勢。當項羽率領楚軍一路殺進秦軍陣營時，秦兵死傷慘重，而各諸侯國的將領們卻只站在自己的營壘上，冷眼旁觀楚軍與秦軍交戰，沒有採取任何行動。項羽在打敗秦軍後，召見各諸侯國的將領，將領們非常佩服項羽的威猛，均臣服於他。

鉅鹿：秦縣名，亦為鉅鹿郡的郡治所在地，在今中國河北省平鄉縣西南。

❶縮頭烏龜　❷劉備借荊州

成語小字典

【解　釋】站在壁壘上旁觀雙方交戰。後比喻坐觀成敗，不幫助任何一方。

【出　處】西漢・司馬遷《史記・項羽本紀》

【相似詞】隔岸觀火、袖手旁觀

【相反詞】挺身而出、拔刀相助

成語接龍

作壁上觀→觀者如雲→雲開見日→日薄西山→山明水秀→秀外慧中→中庸之道→道骨仙風→風吹草動→動彈不得→得心應手→手足無措

1 2
3 4

西楚霸王項羽

　　提到「霸王」這個詞，就會想到項羽。項羽是下相（今江蘇宿遷）人，年輕時跟隨叔父項梁起兵反秦，在戰場上勇猛無比。項羽指揮和領導的兩個以少勝多的戰役，至今仍廣為流傳，充分展現出他非凡的軍事才能，被評為中國歷史上最勇猛的武將之一，北宋女詞人李清照評價其「生當作人傑，死亦為鬼雄」。

　　鉅鹿之戰中，項羽以破釜沉舟的巨大勇氣將秦軍打得倉皇而逃，且憑藉此戰在諸侯將領中樹立了絕對的權威。而彭城之戰是項羽自封西楚霸王之後，與劉邦軍隊的對戰。當時劉邦有五十多萬人馬，項羽卻只有三萬人，在兵力懸殊的情況下，項羽將劉邦軍隊打到只剩下十幾個人落荒而逃！

　　項羽雖然被稱為戰神，但是他剛愎[2]自用，不聽別人的意見，凡是反對他的人都被殺害或罷官。最終，他被知人善用的劉邦打敗，在烏江自刎而亡。

城下之盟

　　春秋時期，有一個小國家叫做絞國，它的鄰國是強大的楚國。楚國想滅掉絞國，於是發動了戰爭，絞國雖然弱小，但是防守能力很強。楚國集中所有兵力進攻絞國國都的南門，由於絞國人堅決防守，楚軍一時間無法攻下。

　　後來，楚國將軍屈瑕想到了一個好辦法：他讓一些炊事兵到北門外砍柴，並且不派士兵保護這些人。絞國士兵果然上當，出城抓了三十個楚人回去。第二天，絞國人更加大膽，出城追到山裡去抓打柴的楚國人，沒想到在回程時，突然遭到楚國士兵的包圍襲擊，而且楚國士兵還堵住了回北門的道路。絞國被徹底打敗，最後，楚國強迫絞國訂立屈辱的「城下之盟」，臣服於楚國。

48

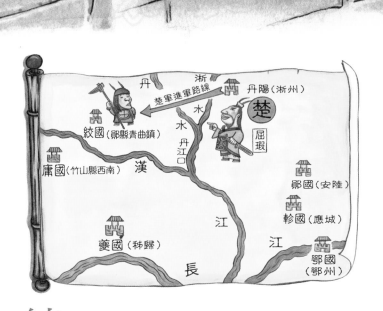

絞國：春秋時諸侯國，在今中國湖北省十堰ᵃ市鄖ᵘ陽區西北。

成語小字典

【解　釋】　敵國軍隊兵臨城下，抵擋不住，被迫與敵人簽訂的議和條約。後泛指被迫簽訂的屈辱性條約。

【出　處】　《左傳·桓公十二年》

【相似詞】　身不由己

成語接龍

城下之盟→盟山誓海→海闊天空→空穴來風→風吹草動→動盪不安→安步當車→車水馬龍→龍馬精神→神采飛揚→揚長而去→去偽存真

媽媽，我看《歷史漫畫集》裡有提到宋金紹興和議，是怎麼回事？

是說南宋受到金的進攻，被迫向金稱臣納貢。

所以國家要強大才不會被欺負。

原來是城下之盟啊！

1 2
3 4

這話怎麼說？

我明白了，人要是強大就不會受壓迫，這道理也適用在我身上。

如果我每次考試都能 100 分，你也不會處罰我了！

@#￥%

成語小學堂

屈原和楚辭

　　楚辭是戰國時期興起於楚國的一種詩歌體，具有濃厚的地方色彩。「楚辭」的名稱最早見於西漢前期，劉向收集屈原、宋玉等人的作品編輯成集，因具有濃厚的楚地風格，故名《楚辭》。其主要特點是辭藻華麗，想像豐富，似乎自然界的一切都可以在詩中描寫比喻，以抒發作者的胸懷和志向。另外，篇幅宏達、氣勢奔放也是楚辭的特點。

　　楚辭的代表作家為屈原，屈原的作品想像奇詭，抒情濃厚，開創了浪漫主義的先河。屈原可以說是浪漫主義詩歌第一人，他留下很多不朽的作品，從內容到形式都有巨大的創造性，所寫的〈離騷〉、〈九歌〉等仍廣為流傳。屈原創造並發展的楚辭形式，也深深影響了之後的文學發展，為後世敬仰。同時，因為他關心民生，揭露統治階級的腐朽、黑暗，體驗底層百姓的疾苦而深受人民愛戴。直到兩千多年後的今天，人們仍在端午節紀念這位偉大的愛國詩人。

揭竿而起

秦二世的時候，河南的地方官員徵召了九百多名壯丁，並且派兩名軍官押送這些人到漁陽防守長城。一行人每天都急忙趕路，生怕耽誤日期，因為按照秦朝的法律，防守誤期要被處死。

這一天，當他們走到大澤鄉的時候，突然下起了暴雨，還發生土石崩塌，把路都堵住了，無法通過，這樣下去肯定無法準時到達。這九百多人中有兩個領隊，一個叫陳勝、一個叫吳廣。陳勝對吳廣說：「我們耽誤了期限肯定會被處死，就算逃跑，被抓住也是死。不如大家一起造反，也比白白送死好。」吳廣表示同意。

於是，陳勝把所有人召集起來說：「老百姓受秦朝暴政的苦已經太久了，我聽說本該繼承皇位的皇長子扶蘇被秦二世殺死了，我們不如代替公子扶蘇揭竿而起，天下響應的豪傑應該會非常多。」眾人聽了群情激憤，推舉陳勝、吳廣為首領，很快就占領了大澤鄉。附近的窮苦百姓聽到消息也紛紛加入，他們砍下樹枝做武器，削尖竹子做旗杆號召群眾共同反秦，隊伍開始壯大起來。雖然後來陳勝、吳廣領導的起義失敗了，但是劉邦、項羽領導的起義軍最終推翻了秦朝。

① 禍從天降　② 葉公好龍

大 澤鄉：陳勝、吳廣起義的地點，在今中國安徽省宿州市，當時屬蘄<縣。

成語小字典

【解　釋】　高舉竹竿作為號召、指揮群眾的旗幟。本指秦末陳勝倉促起義，反抗暴秦的事跡。後比喻起義舉事。

【出　處】　西漢·賈誼〈過秦論〉

【相似詞】　逼上梁山

【相反詞】　逆來順受

成語接龍

揭竿而起→起死回生→生死關頭→頭頭是道→道骨仙風→風雨交加→加枝添葉→葉公好龍→龍馬精神→神采飛揚→揚眉吐氣→氣喘如牛

1 2

3 4

成語小學堂

千古名鎮——大澤鄉

　　大澤鄉起義，又稱「陳勝、吳廣起義」，此次起義重重打擊了秦朝，揭開秦末農民起義的序幕，是中國歷史上第一次大規模的農民起義。大澤鄉這一地名，也隨著起義名傳天下。

　　大澤鄉得名於行道途中的一片低窪湖泊，該湖泊歷經千百年，由沼澤演化成窪地。大澤鄉的名字曾被叫了兩千多年，在日本侵華時因為修鐵路被改作西寺坡，近年來又重新改為大澤鄉鎮。

　　大澤鄉起義的舊址——涉故臺，傳說原叫射鼓臺。起義之初，陳勝很想稱王，但吳廣不贊成，於是陳勝要求和吳廣比賽，在聚眾起義的土臺上射擊百步之外的戰鼓，誰射中就執行誰的想法。後來陳勝射中了戰鼓，而吳廣則射中了鼓中心。從此，這個土臺就叫做射鼓臺。築臺的用途有三種說法：一說築臺盟誓，誅伐暴秦；二說點將演武，擊鼓之臺；三說大澤鄉是低窪沼澤，築臺屯兵，共七十二臺，古稱七十二連營，涉故臺最大。現在，涉故臺被列為安徽省重點文物保護。

七擒七縱

三國時期，蜀漢丞相諸葛亮為了鞏固後方，便親自率軍南征。一路上所向披靡，唯有南方部族首領孟獲不肯降服，還召集一些敗兵偷襲蜀軍。因為孟獲在南方部族中很有影響力，所以諸葛亮想讓他加入蜀漢。

第一次交戰時，孟獲中了諸葛亮的驕兵之計，被抓住了。但諸葛亮非但沒有殺他，還請他吃飯，帶他參觀自己的軍營。孟獲說：「現在我知道你的虛實了，你敢再和我交戰嗎？」諸葛亮卻把孟獲放了。孟獲夜裡來劫營，又中了諸葛亮的埋伏被抓住，孟獲很不服氣，諸葛亮卻又把他放了。這次，孟獲不敢魯莽行事，據守瀘水不出，諸葛亮便造竹筏兵分兩路，從上游和下游渡過瀘水攻打孟獲的城池。孟獲不敵，第三次被抓，不過諸葛亮又把他放了。屬下不理解諸葛亮的做法，認為他對孟獲太過仁慈。諸葛亮說：「我們遠道而來，必須讓孟獲心服口服，才能徹底征服南方部族之心。」後來，孟獲接二連三被擒，每次諸葛亮都是盛情款待，再把他放走。等到孟獲第七次被擒的時候，諸葛亮的屬下對孟獲說：「丞相認為沒必要再見將軍你了，請你回去整兵繼續作戰吧！」孟獲流著淚說：「丞相抓我七次，又放我七次，自古以來沒有聽說過這樣的事，我孟獲再也沒有臉回去了。」最後，孟獲歸順蜀漢，諸葛亮憑藉七擒七縱平定了南方。

五縱

四縱

六縱

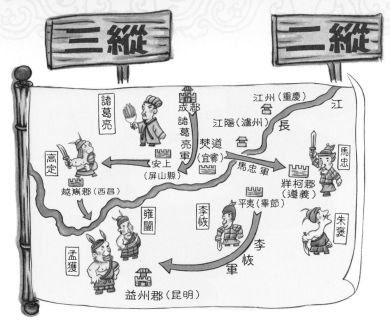

益州郡：範圍在今中國雲南，郡治在滇池縣，即今昆明市晉寧區。

成語小字典

【解　釋】　諸葛亮征南夷，七次生擒酋長孟獲，七次釋放，使之心悅誠服，不再背叛。後比喻善用策略，使對方誠服。

【出　處】　西晉・陳壽《三國志・蜀書・諸葛亮傳》裴松之注引《漢晉春秋》

【相似詞】　欲擒故縱

成語接龍

七擒七縱→縱橫天下→下落不明→明珠暗投→投桃報李→李下瓜田→田夫野老→老調重彈→彈冠相慶→慶流子孫

七縱

教室裡有一隻蒼蠅，老是往我臉上飛。

蒼蠅喜歡你啊！

我用水杯接連抓住牠七次，但七次都放了。

這是七擒七縱。

1 2

3 4

你為什麼不打死牠？

我一上芽美老師的課就打瞌睡，這隻蒼蠅負責叫醒我。

‥‥‥‥

成語小學堂

三個臭皮匠，勝過一個諸葛亮

　　諸葛亮是三國時期著名的政治家和軍事家，在小說《三國演義》及眾多民間傳說中，被描寫成一位智慧超群、足智多謀的謀臣。火燒赤壁、草船借箭、六出祁ˊ山、七擒孟獲等故事，無不展現出他的智計深遠，尤其是七擒七縱，更是表現出諸葛亮超凡的智慧。有一句流傳久遠的俚語──三個臭皮匠，勝過一個諸葛亮，是指三個平庸的人，如果能一起想辦法，也能提出比諸葛亮更好的計策。這句話將諸葛亮當作智慧的象徵，是民間對他的稱讚和佩服。那麼，為什麼是皮匠呢？為什麼不是木匠、鐵匠或工匠？

　　其實，這裡有一個天大的誤會，「皮匠」本來應該寫作「裨ˊ將」。在古代，軍隊中有一種官職叫「裨將軍」，此外還有「偏將軍」、「牙門將軍」等，是主帥的副手。裨將軍要親自上前線指揮作戰，因此作戰經驗豐富，所以說三個裨將軍的作戰經驗加起來可以超過主帥，這就是「三個裨將，勝過一個諸葛亮」真正的意義。後來以訛ˊ傳訛，「裨將」變成「皮匠」，還加了個臭字，背離了最初的含義。久而久之，「裨將」已經不為大眾所知，「皮匠」卻約定俗成。

偃ㄧㄢˇ旗息鼓

東漢末年，蜀漢老將黃忠在漢中戰役中殺死了曹魏大將夏侯淵，曹操得到消息後勃然大怒，親自帶領大軍前來復仇。他把糧草放到北山腳下，自己率軍攻取陽平關，黃忠得到情報後，建議偷襲北山，奪取曹軍的糧草，趙雲表示同意。兩人決定由黃忠去奪取糧草，如果到了約定的時間還沒有回來，趙雲就去接應。到了第二天約定的時間，黃忠沒有歸來，趙雲便帶兵去解救黃忠。半路上正好遇到曹操大軍，趙雲和曹軍交戰，一邊打一邊往回退，曹操在後面緊追不捨。當趙雲回到營地後，鎮守的張翼看到曹軍逼近，想要關閉營門，堅守陣地。趙雲卻命令張翼大開營門，把軍旗放下來，停止打擊戰鼓，又命令弓弩手埋伏起來，他自己一個人在營門外等候曹軍。曹軍追到門前，只見營門大開，又見趙雲一個人站在營門外，曹操懷疑趙雲設下埋伏，於是急忙退兵。這時，趙雲下令戰鼓齊鳴，萬箭齊發，曹軍狼狽逃竄，蜀軍勝利。

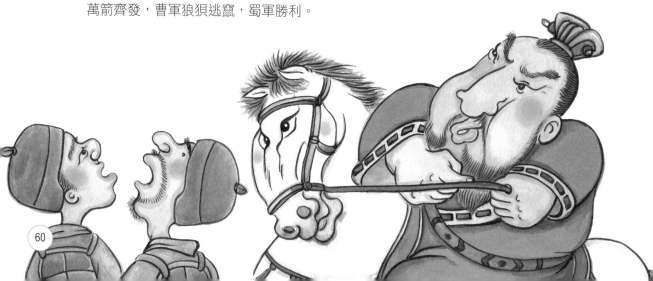

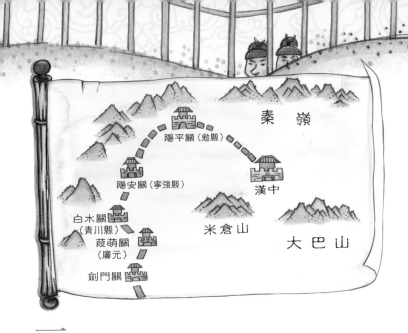

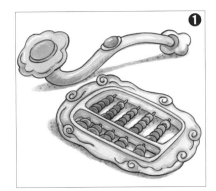

① 南轅北轍　② 逆水行舟

三國陽平關：在今中國漢中勉縣武侯鎮附近。一名白馬城，又名濜口城。南臨漢水，為漢中盆地西邊門戶，當川陝交通要衝。

成語小字典

【解　釋】　軍隊放倒旌旗，停止戰鼓。形容不露行蹤。後亦比喻事情中斷或聲勢減弱。

【出　處】　西晉·陳壽《三國志·蜀書·趙雲傳》裴松之注引《雲別傳》

【相似詞】　銷聲匿跡、鳴金收兵、偃兵息甲

【相反詞】　大張旗鼓、重整旗鼓

成語接龍

偃旗息鼓→鼓樂喧天→天寒地凍→凍餒之患→患難之交→交頭接耳→耳提面命→命中注定→定國安邦

61

1 2
3 4

成語小學堂

天下有幾個陽平關？

我們在讀《三國演義》的時候，會發現書中常提到關隘的名字，其中有幾個重要的關隘，例如虎牢關、潼關、劍門關、陽平關等，其中以陽平關提到的次數最多也最有名。那麼，《三國演義》中的陽平關在哪裡呢？專家透過大量的史料考證，發現古代的陽平關共有三處，即古陽平關、陽平關、今陽平關。

古陽平關：在今陝西省漢中市勉縣之西，武侯鎮的漢水與鹹河交會處，走馬嶺山上的張魯城古址。

陽平關：蜀漢平定漢中後，漢中地區成了蜀漢抵禦及征伐曹魏的主戰場，古陽平關的防禦作用也隨之改變。諸葛亮將走馬嶺山上的古陽平關移至走馬嶺山下的谷地之中，建造了新的關隘，這就是陽平關。由於新關的位置正好是西漢初期蕭何修築的「白馬塞」，因此陽平關也被稱為白馬城或石馬城。

今陽平關：今陽平關是一處歷史地名，位於陝西省漢中市寧強縣境內的寶成鐵路與陽安鐵路的交會處。此處其實是三國時期的陽安關，北宋時期更名為陽平關。

添兵減灶 ㄗㄠˋ

戰國時期，孫臏和龐涓曾經一起學習兵法，學成後，龐涓到魏國當了將軍。因為嫉妒孫臏的才華，龐涓將孫臏騙到魏國，設計陷害他，使其遭受刑罰。後來，孫臏到齊國做了軍師。

有一年，龐涓率兵攻打趙國，趙王向齊國求救。孫臏用圍魏救趙的計策打敗龐涓，龐涓因此更加痛恨孫臏。

又過了幾年，魏國攻打韓國，韓國也向齊國求救。這次孫臏故技重施，直接攻打魏國，龐涓只好帶領軍隊趕回魏國，但是孫臏卻下令撤退。第一天孫臏命令士兵在營地挖十萬個灶坑、第二天挖五萬個、第三天挖三萬個，龐涓看見這些灶坑越來越少，認為孫臏陣營每天都有士兵逃亡，三天就逃跑了一半以上，便加緊追趕。孫臏率軍撤退到馬陵時，發現這裡地勢險要，非常適合伏擊，於是就地設下埋伏。馬陵附近有一棵大樹，孫臏讓人削去樹皮，在上面寫上「龐涓死於此樹下」幾個字。當龐涓追到馬陵時天已經黑了，便讓士兵點起火把，他借著火光看到樹上寫的字時，知道中計了，可是為時已晚。只見四周萬箭齊發，魏軍大敗，最後龐涓自刎而死。

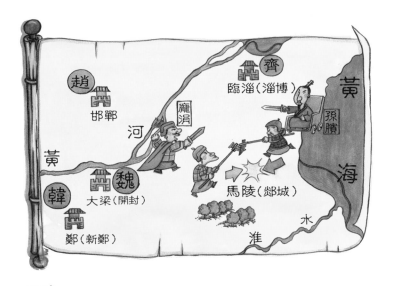

❶ 夢寐以求　❷ 一箭雙鵰

馬陵：在今中國山東鄰城，一說在今河南范縣。

成語小字典

【解　釋】　戰國時孫臏暗中增加軍隊，表面上卻減少行軍飯灶，以示弱誘敵的故事。後指用兵的一種策略，偽裝士兵離散的假象以欺騙敵人。

【出　處】　西漢·司馬遷《史記·孫子吳起傳》

【相似詞】　誘敵深入

【相反詞】　迎頭痛擊

成語接龍

添兵減灶→灶上騷除→除暴安良→良辰吉日→日行萬里→里仁為美→美中不足→足食豐衣→衣冠楚楚→楚楚可憐→憐香惜玉→玉石俱焚

1 2

3 4

孫龐鬥智

孫臏和龐涓,一個是齊國的軍師,一個是魏國的大將軍。本來這兩個人是同學,但是因為龐涓嫉妒孫臏的才能,設計使孫臏遭受酷刑,從此兩人終生為敵。在後來的戰場上,兩個人各自使出計謀,鬥智鬥勇,展開一幕幕戰爭大戲。

西元前354年,魏將龐涓率兵攻打趙國,一路長驅無阻,直抵趙都邯鄲,趙國求救於齊國。齊國決定救趙,以田忌為將、孫臏為軍師。孫臏審慎分析戰局,提出「圍魏救趙」的計策,讓齊國假裝攻平陵示弱,主要兵力卻奔襲魏都大梁。此計迫使龐涓調回軍隊解救大梁,但行至桂陵時,遭到齊軍的伏擊,龐涓率殘兵敗將狼狽逃回魏國。

西元前343年,魏將龐涓舉兵攻韓,韓國岌岌可危,請求齊國救援。孫臏仍以「圍魏救趙」的計策,直奔魏都大梁。龐涓不敢再戰,急忙率領魏軍主力回國救援。孫臏以逐日減灶的方法示弱,龐涓果然中計。最終,龐涓在馬陵中埋伏身亡。

龐涓死於此樹下

67

脣亡齒寒

　　春秋時期，晉國與虞、虢兩個小國相鄰，晉國一直想併吞這兩個小國。晉獻公計劃先攻打虢國，於是聽從謀士荀息的建議，派人送良馬和玉璧給虞國，希望能夠借道攻打虢國。虞國國君看見這些禮物很高興，立刻答應了晉國借道的請求，晉國因此很快攻下虢國的一個都城。

　　過了三年，晉國又再度要求虞國借道以便攻打虢國，虞國大臣宮之奇趕忙阻止：「虢國是虞國的屏障，如果虢國滅亡，虞國也就完了。我們不能放縱晉國侵略他國的野心，更不能因為輕忽而引進外國的軍隊。一次已經太過分了，怎麼可以再有第二次呢？諺語所說『頰骨和牙床互相依存，就像是沒有了嘴脣，牙齒就會寒冷』的道理，指的就是虞國和虢國的情況。」但是虞國國君卻説：「晉國和我們同宗同源，豈會害我們？只是借個道而已，不會有問題的！」於是接受了晉國的借道要求。宮之奇見國君不聽自己的諫言，知道虞國必將滅亡，便帶著全家躲起來。後來，晉國果然在滅掉虢國之後，在回國途中就把虞國滅了。

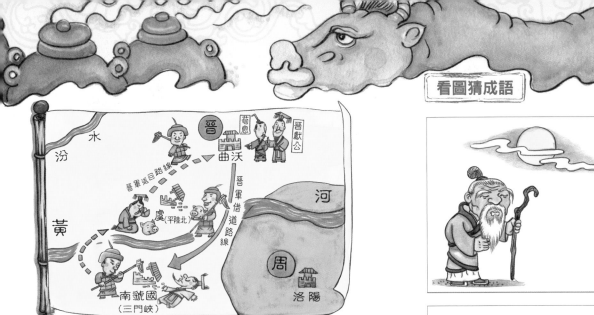

虢國：北虢國在今中國山西省運城市平陸縣，南虢國在今河南省三門峽市。

❶月下老人 ❷鷄飛狗跳

成語小字典

【解　釋】　沒有了嘴脣，牙齒就會感到寒冷。比喻關係密切，利害相關。

【出　處】　《左傳・僖公五年》

【相似詞】　脣齒相依、輔車相依、休戚相關

【相反詞】　風馬不接、
　　　　　　風馬牛不相及

成語接龍

脣亡齒寒→寒冬臘月→月下老人→人心不古→古道熱腸→腸枯思竭→竭盡全力→力爭上游→游刃有餘→餘音繞梁→梁上君子→子虛烏有

1 2

3 4

陝北高原　黃河　北虢國（平陸）　太行山

東虢國（滎陽）

洛陽

南虢國（三門峽）

函谷關

虢國（寶雞）

小虢國

鎬京（長安）

秦嶺山脈

歷史上的虢國

虢國導遊

　　「虢國」這個國家不像「戰國七雄」那樣強大，但它卻非常有名，很多文學作品和歷史故事都與它有關，例如名畫〈虢國夫人游春圖〉、唐詩《集靈臺·虢國夫人承主恩》、成語「假途滅虢」等。那麼，歷史上的虢國是一個怎樣的國家呢？

　　事實上，整個周朝時期前後有五個虢國，因為位置不同，所以加上東西南北來區別。西周建立後，周文王的弟弟虢仲和虢叔分別被封在東虢國和西虢國。東虢國位於今河南省滎陽市汜水鎮，西虢國位於今陝西省寶雞市東。周厲王時期，西虢國東遷河南省三門峽市一帶立國，史稱南虢國。東虢國在西元前 767 年被鄭武公所滅，其後裔在今山西省運城市平陸縣建立北虢國，因為實力太小而依附南虢國。西虢國在東遷後，原地留有一個小虢國，西元前 687 年被秦武公所滅，後裔不見記載。虢國雖然弱小，但是在歷史的長河中留下了不可磨滅的文明。

孤注一擲

北宋時，契丹人大舉入侵，軍隊已經逼近澶州。眼看邊境告急，宋軍節節敗退，宋真宗非常著急，但宰相寇準每次接到前線的告急公文都神態自然，沒有一點驚慌的樣子。宋真宗很生氣，質問寇準：「現在已經火燒眉毛了，你怎麼像沒事一樣？」寇準說：「陛下息怒，其實我已經想好了破敵的計策，只是需要陛下御駕親征才能取勝。」於是，宋真宗親臨前線慰勞士兵，一時間士氣大振。之後，宋朝軍隊趁契丹軍隊立足未穩發起進攻，打退了敵人，寇準因此立了大功，宋真宗因為此事更加重用寇準。

朝中有個大臣叫王欽若，十分嫉妒寇準，趁機在宋真宗面前說寇準的壞話：「陛下知道賭博嗎？那些輸紅了眼的賭徒往往會把最後的賭注全部壓上。寇準讓您御駕親征，就是把您的性命當作賭注和契丹人賭最後一把。萬一賭輸了，您不是就危險了？」

宋真宗越聽越害怕，不久就找藉口將寇準罷官，讓王欽若當了宰相。

看圖猜成語

答案：❶景苗助長 ❷日上三竿

澶州：宋遼大戰和訂立盟約之地，舊稱澶淵，在今中國河南省濮陽市。

成語小字典

【解　釋】　「孤注」，賭博時將所有資本下注。「一擲」，擲一次骰子來決定勝負。後指賭博時，傾其所有而下注，並以一擲決定勝負。比喻危急時，投入全部力量，做最後的冒險。

【出　處】　宋·司馬光《涑水記聞》

【相似詞】　破釜沉舟、背水一戰

【相反詞】　穩操勝券

成語接龍

孤注一擲→擲地有聲→聲淚俱下→下落不明→明知故犯→犯上作亂→亂世英雄→雄心壯志→志在四方→方寸之地→地久天長→長歌當哭

馬上就要期末考了，
我決定把遊戲機送人，
再也不玩了。

這是孤注一擲啊！

我決定開始
看漫畫了。

1 2
3 4

成語小學堂

幽薊十六州在哪裡？

　　在《岳飛傳》或是一些關於北宋抗金的故事裡，經常提及「幽薊十六州」
這個地名。這個地方無論對於北宋還是遼來說，都具有重要的戰略地位。那麼，
幽薊十六州在哪裡呢？幽薊十六州，北宋後通稱燕雲十六州，燕指契丹在幽州所建燕
京，雲指雲州，十六州為以下地方：

幽州：今北京市城區西南部　　　　　順州：今北京市順義區
儒州：今北京市延慶區　　　　　　　檀州：今北京市密雲區
薊州：今天津市薊州區　　　　　　　涿州：今河北省涿州市
瀛州：今河北省河間市　　　　　　　莫州：今河北省任丘市北
新州：今河北省涿鹿縣　　　　　　　媯州：今河北省張家口市懷來縣
武州：今河北省張家口市宣化區　　　蔚州：今河北省蔚縣
應州：今山西省應縣　　　　　　　　寰州：今山西省朔州市東北
朔州：今山西省朔州市　　　　　　　雲州：今山西省大同市

　　五代後唐清泰三年（936 年），河東節度使石敬瑭反唐自立，向契丹求援，並向契丹主耶律德
光稱臣。契丹出兵扶植其建立後晉，石敬瑭按照契丹的要求把燕雲十六州割讓給契丹，使遼的疆域
擴展到長城沿線，往後中原數個朝代都沒能完全收復。

初出茅廬

劉備三顧茅廬請出諸葛亮後，每天都向諸葛亮請教治國之策。劉備說：「我自從得了諸葛亮的輔佐，就像魚兒得到了水。」但是關羽和張飛卻不開心，認為諸葛亮不過就是一個白面書生，沒有真本領，且認為劉備待他太過敬重，而劉備告誡他們不要無禮。

過了不久，曹操派夏侯惇攻打劉備，因劉備手下只有三、四千人，便急忙召集眾將商議對策。張飛氣呼呼的說：「就讓諸葛亮去迎敵吧！」諸葛亮對劉備說他有禦敵之策，不過因為初來乍到，怕將士不服他的調動，於是劉備把寶劍和大印交給諸葛亮，一切聽他指揮。諸葛亮命關羽帶一千人馬埋伏在豫山，看到起火就迅速出擊；張飛帶一千人馬埋伏在山谷裡，待起火後，殺向博望城；關平、劉封帶五百人馬，在博望坡後面分兩路等候，只要敵軍一到，立刻放火。諸葛亮又把趙雲從樊城調來當先鋒，只許敗不許勝；劉備帶一千人馬做後援。關羽忍不住問：「我們都去打仗，那先生要做什麼？」諸葛亮說：「我坐在城中等。」張飛大笑說：「我們都去拼命，而你在這裡逍遙！」諸葛亮說：「印劍在此，違令者斬！」關羽、張飛只好閉嘴，冷笑著走了。在戰鬥中，各將按諸葛亮吩咐行事，殺得曹兵死傷慘重。諸葛亮初次用兵便大獲全勝，讓關羽、張飛等人佩服得五體投地。

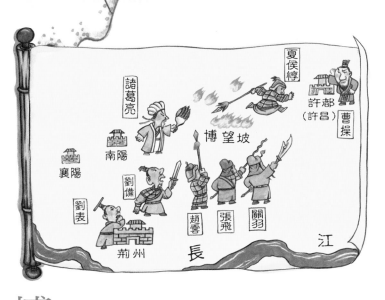

夏侯惇

許都
（許昌）

曹操

諸葛亮

博望坡

南陽

襄陽

劉備

劉表

趙雲　張飛　關羽

荊州　　長　　江

博　望坡：在今中國河南省南陽市方城縣博望鎮。

成語小字典

【解　釋】　初次離開隱居的茅屋。後比喻初入社會，缺乏歷練。

【出　處】　元末明初・羅貫中《三國演義》

【相似詞】　初露鋒芒、涉世未深、初試啼聲

【相反詞】　身經百戰、老成持重、老馬識途

❶ 殺雞取卵　　❷ 狗急跳牆

成語接龍

初出茅廬→廬山面目→目不暇接→接二連三→三心二
意→意氣風發→發憤圖強→強人所難→難言之隱→隱
姓埋名→名落孫山→山重水複

曹

77

1 2

3 4

博望坡

在《三國演義》中，諸葛亮在博望坡初次用兵，不僅把曹兵燒得棄甲而逃，還在軍中樹立了威信。從此，包括關羽、張飛在內的軍中諸將無不佩服諸葛亮的智謀。那麼，歷史上的博望坡在哪裡？博望坡之戰真的是諸葛亮指揮作戰，蜀軍才大獲全勝嗎？

博望坡遺址在今河南省南陽市方城縣西南三十公里處。西漢時，身為外交家和探險家的張騫因為出使西域，抗擊匈奴，功勳顯著，於此處被漢武帝封為「博望侯」，「博望」之名由此而得。但是真正讓博望坡聞名天下的，是三百年後諸葛亮在此點的一把火——諸葛亮的精心策劃，把夏侯惇燒得暈頭轉向，狼狽而歸。

實際上，博望坡之戰是劉備親自指揮的。202 年，夏侯惇進攻博望坡，而 207 年諸葛亮才出山輔佐劉備，劉備火燒博望坡的時候，諸葛亮還高臥隆中呢！當時，劉備依附於劉表，曹操派夏侯惇、李典、于禁帶兵進攻劉備，劉備主動向後撤退，選擇在博望坡與曹軍對峙。夏侯惇看不起劉備，只率小批人馬追擊，結果誤入包圍，幸虧李典及時帶兵殺至，才救出夏侯惇。此戰曹軍損失很小，劉備只是小勝，因為劉備料想打不過夏侯惇，便主動撤兵了。劉備一生征戰敗多勝少，博望坡之戰是他為數不多的勝仗，而羅貫中在《三國演義》中卻把博望坡之戰勝利的榮譽給了諸葛亮。

老馬識途

　　春秋的時候，有一次，管仲、隰朋隨著齊桓公攻打孤竹國，經過幾場戰鬥，齊軍最終取得了勝利。他們出征的時候是春天，等到打完仗回來，已經冬天了，草木、河流都變了樣子。

　　軍隊途經之處大多是沙漠和荒原，士兵們在迷宮般的山谷裡繞了很久，最後迷失了方向。眼看糧草就要用完了，如果再找不到歸路，大軍就會被困死在這裡。危急時刻，管仲想到了一個辦法，他回想起村莊裡的狗能找到回家的路，那麼馬應該也可以。於是管仲找來幾匹老馬，鬆開牠們的韁繩，讓這些馬隨意走動，結果這些馬都朝著同一個方向走，大軍趕緊跟隨其後，不久就走出山谷，找到回齊國的路。

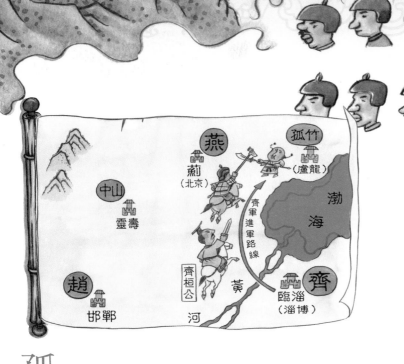

孤竹國：約在今中國河北省秦皇島市盧龍縣。

❶老馬識途　❷順手牽羊

成語小字典

【解　釋】　老馬認得走過的路。後比喻有經驗的人對情況比較熟悉，容易把工作做好。

【出　處】　《韓非子・說林上》

【相似詞】　熟門熟路

【相反詞】　暗中摸索

成語接龍

老馬識途→途窮日暮→暮色蒼茫→茫然若失→失口亂言→言而無信→信口開河→河決魚爛→爛醉如泥→泥牛入海→海誓山盟

成語小學堂

歷史上的孤竹國

先秦時期，在河北東部、遼寧西部地區居住著燕、東胡、山戎⟨註⟩、孤竹等部族。孤竹國是北方部族在夏末商初所建，後來成為商的諸侯國。到了西周初期，孤竹國被西周分化，在其西部建立了燕國，此時的孤竹國已名存實亡。後來，齊桓公為了救燕國而北伐山戎，和山戎交好的孤竹隨之滅亡，此後史書少有記載。但是關於孤竹國的故事卻一直流傳，較有名的是伯夷、叔齊的故事。

伯夷和叔齊是孤竹國君的兒子，兄弟二人謙遜、互讓君位的故事被傳為佳話。兩人得知周武王滅了商朝的消息後，懷著憤憤不平的心情來到人煙稀少的首陽山（今山西永濟）隱居，斷絕與外界的來往，而且他們不吃周朝的糧食，只吃野菜充飢，最終餓死在首陽山，這就是「伯夷、叔齊不食周粟⟨註⟩」的故事。

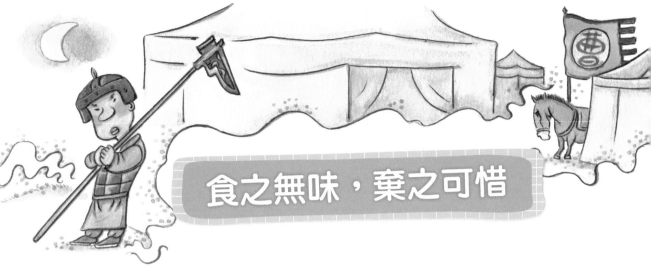

食之無味，棄之可惜

　　曹操和劉備在漢中對壘，兩軍旗鼓相當，僵持不下。眼看曹軍的糧食就要吃完了，但此時撤退又不甘心，因此曹操十分煩惱。有一天晚上，曹操正在吃飯，士兵進來詢問今晚的命令是什麼。曹操正喝著雞湯，看見碗裡有一根雞肋骨，夾起來看了很久，順口說：「雞肋。」這件事被曹操的屬下楊修知道後，就讓大家收拾行李準備撤退。士兵問原因，楊修說：「雞肋沒有肉，吃起來沒有味道，扔了又覺得可惜。丞相眼看不能取勝，又怕被人笑話，明天一定會下令撤退，我們提前收拾東西，到時候才不會太慌忙。」士兵們都稱讚楊修是丞相肚子裡的蛔蟲，能猜透丞相的心事。曹操得知此事後，心裡更加防範楊修，他覺得能猜透別人心事的人太可怕了，之後便找藉口把楊修殺了。

漢中：在今中國陝西省漢中市。

成語小字典

【解　釋】　吃起來毫無滋味，丟棄又覺得可惜。比喻東西沒什麼用處，又捨不得丟掉。

【出　處】　西晉・陳壽《三國志・魏書・武帝紀》裴松之注引《九州春秋》

成語接龍

食之無味，棄之可惜→惜字如金→金口玉言→言外之意→意猶未盡→盡善盡美→美中不足→足不出戶→戶樞不朽→朽木糞土→土崩瓦解

今天上的課文不需要背誦，可是不背誦又可惜，真是食之無味，棄之可惜啊！

那就不背了吧！

1 2

3 4

就聽取同學們的意見，不背了。

老師人太好了！

每人抄寫五遍吧！

成語小學堂

定軍山大戰

定軍山的故事非常有名，不僅被拍成電影，還有同名京劇和各種地方戲曲形式，可見定軍山的故事家喻戶曉，現在就讓我們來看這場決定三國走向的著名戰役。

219年，劉備於定軍山上紮營，趁夜火燒夏侯淵軍設置的陷阱。夏侯淵派張郃守東圍，自己則率兵守南圍，與劉備軍對峙。

劉備先進攻張郃，張郃親自應戰，雙方一時難以分出勝負。夏侯淵知道後，便派一半的兵力去救援張郃。劉備見時機成熟，讓黃忠去攻打南圍。黃忠趁著地勢高，居高臨下攻擊夏侯淵軍，夏侯淵措手不及，最後戰死。夏侯淵軍喪失主帥後便迅速潰敗，劉備軍乘勢擊破夏侯淵大營，取得勝利。

定軍山見證了劉備的崛起與輝煌，此次戰役使劉備在漢中戰事的成果不斷擴大，以至於曹操親臨漢中也挽回不了敗失漢中的結局。

如火如荼ㄊㄨˊ

春秋時，吳王夫差打敗了越國，之後又出兵北征，想壓制國力最強的晉國，以成為霸主。越王句踐便趁機帶兵攻擊吳國，以報亡國之恨，吳王聽到這個消息，趕快召集大臣商量對策。王孫雒認為應該盡快爭取到霸主地位再回國，以鼓舞民心，吳王同意他的看法。

到了半夜，士兵們穿好盔甲，拿起武器，分為左軍、中軍、右軍三個方陣。中軍的士兵一律穿白衣、白盔甲，拿白旗，使用白羽毛裝飾的箭，像一朵朵白色的花。左軍的士兵一律穿紅衣、紅盔甲，拿紅旗，使用紅羽毛裝飾的箭，像一團火球。右軍的士兵一律穿黑衣、黑盔甲，拿黑旗，使用黑色羽毛裝飾的箭，看上去一片烏黑。天剛亮，吳國軍隊就已接近晉營，吳王親自擊戰鼓，三軍也跟著吶喊，聲音響徹天地。晉國國君見到如此盛大的軍容，嚇得趕緊派人議和，尊吳王為霸主。

黃池：在今中國河南省新鄉市封丘縣西南。

成語小字典

【解　釋】　荼，茅草開的白花。指像火那樣紅、像荼那樣白。比喻軍容壯盛浩大。後形容事物的興盛或氣氛的熱烈。

【出　處】　《國語‧吳語》

【相似詞】　風起雲湧、洶湧澎湃、熱火朝天

【相反詞】　死氣沉沉、渺無聲息、一潭死水

成語接龍

如火如荼→荼毒生靈→靈機一動→動盪不安→安步當
車→車水馬龍→龍飛鳳舞→舞文弄墨→墨守成規→規
矩鉤繩→繩之以法→法不責眾

今年的運動會有長跑、跳遠、足球、跳高等項目。

比賽即將如火如荼展開！

1 2
3 4

老師，我要報名參加。

你要參加什麼項目？

負責加油的啦啦隊。

成語小學堂

諸侯會盟

春秋戰國時期，各諸侯國為了炫耀武力，或為了保護自己，又或是為了結成同盟，都喜歡舉行會盟。這種結盟有的很牢固，有的很鬆散。歷史上曾經有過一些很有名的會盟，至今仍被人津津樂道。

澠池會盟：西元前 279 年，秦趙兩國議定在澠池（今河南省澠池縣）西河之外進行會盟。在宴會上，趙國大夫藺相如與秦國君臣進行了有理有節、針鋒相對的對話。經過艱苦的談判，秦趙兩國最終和談成功，雙方偃旗息鼓，暫時停止了戰爭。

黃池會盟：西元前 482 年，魯哀公、晉定公在黃池（今河南封丘縣西南）和吳王夫差舉行會盟大典。

齧桑會盟：齧桑是魏國地名，在今江蘇省徐州市沛縣西南。秦國想透過會盟聯合齊楚，壓制趙魏韓，從而消除秦國東進的憂慮，這其實就是遠交近攻的雛形。此時秦國還沒有強大到令齊楚畏懼的地步，自然也壓制不了齊楚。齧桑會盟證明了當時諸侯國是三強鼎立的局面。

夾谷會盟：西元前 500 年，齊景公邀魯定公在齊魯交界的夾谷舉行會盟。這是春秋時期齊魯兩國國君在夾谷的一次重要會盟。

箭在弦上

　　東漢末年，各地諸侯為爭奪天下互相攻伐，當時有兩個較強大的勢力，一個是曹操，一個是袁紹。袁紹見曹操的勢力越來越大，便決定討伐曹操，但是必須有一個打仗的理由。袁紹有一位幕僚名叫陳琳，他才華洋溢，寫得一手好文章。袁紹讓陳琳寫一篇檄文，列出曹操的罪狀，於是陳琳寫了一篇《為袁紹檄豫州文》，一一揭發曹操的罪行。文中痛斥曹操嫉賢妒能、獨斷專行、排除異己等罪狀，還斥責其父祖，極富煽動力，為袁紹討伐曹操的行為合理化。曹操雖然很氣憤，但也很欣賞陳琳的才華。

　　後來，曹操在官渡之戰打敗袁紹，俘獲了陳琳。曹操問陳琳：「你的文章寫得非常好，不過你罵我一個人已經足夠，怎麼連我的祖輩都罵上了？」陳琳說當時他幫袁紹做事，袁紹讓他寫，他不能不照辦，就如同箭在弦上，不得不發。曹操聽後不但沒有處罰陳琳，反而讓他做了官，輔佐自己。

官 渡：三國時期的官渡在今中國河南省鄭州市中牟ㄇㄡˋ縣東北。

① 箭在弦上　**②** 山珍海味

成語小字典

【解　　釋】 比喻事情為形勢所逼，已到不能不做的地步。

【出　　處】 元末明初‧羅貫中《三國演義》

【相似詞】 一觸即發

【相反詞】 引而不發

成語接龍

箭在弦上→上下其手→手無寸鐵→鐵石心腸→腸枯思竭→竭盡全力→力不從心→心不在焉

1 2

3 4

中國古代著名戰役——官渡之戰

　　西元 199 年六月，袁紹企圖南下進攻許都，官渡之戰的序幕由此展開。在白馬之戰中，曹操採用聲東擊西的計策打敗袁軍，並殺死袁紹的大將顏良和文醜，順利退回官渡。袁軍初戰失利，軍隊的銳氣被挫傷，但兵力仍占優勢。雙方僵持數月後，曹操因為前方缺兵少糧，士卒疲乏，後方也不穩固，已經快要失去堅守的信心。就在這時，袁紹謀士許攸投奔曹操，建議曹操奇襲烏巢，燒毀敵人物資。於是曹操親自率領士兵五千人，冒用袁軍旗號，趁夜暗走小路偷襲烏巢，到達後立即圍攻放火，將其糧草全部燒毀，導致袁紹軍心動搖，內部分裂，大軍崩潰。袁紹帶八百騎兵退回河北，經過一年多的對峙，官渡之戰以曹操的全面勝利告終。

　　官渡之戰是中國歷史上著名的以少勝多的戰爭，曹操以兩萬人馬戰勝袁紹十幾萬人馬，繼而擊潰袁軍主力，奠定了曹操統一中國北方的基礎。

國家圖書館出版品預行編目（CIP）資料

哇！成語原來很有趣 3 戰爭故事篇 / 鄭軍作；
鍾健、蘆江繪 . -- 初版 . -- 新北市：大眾國際書局
股份有限公司 大邑文化，西元 2023.10
96 面；19x23 公分 . --（知識王；8）

ISBN 978-626-7258-40-8（平裝）

802.1839   112012101

知識王 CEE008

哇！成語原來很有趣 3 戰爭故事篇

作　　　　者	鄭軍
繪　　　　者	鍾健、蘆江

總　編　輯	楊欣倫
副　主　編	徐淑惠
執　行　編　輯	李厚錡
封　面　設　計	張雅慧
排　版　公　司	芊喜資訊有限公司
行　銷　業　務	楊毓群、許予璇

出　版　發　行	大眾國際書局股份有限公司　大邑文化
地　　　　址	22069 新北市板橋區三民路二段 37 號 16 樓之 1
電　　　　話	02-2961-5808（代表號）
傳　　　　真	02-2961-6488
信　　　　箱	service@popularworld.com
大邑文化 FB 粉絲團	http://www.facebook.com/polispresstw

總　經　銷	聯合發行股份有限公司
	電話　02-2917-8022　　　傳真　02-2915-7212

法　律　顧　問	葉繼升律師
初　版　一　刷	西元 2023 年 10 月
定　　　　價	新臺幣 300 元
I　S　B　N	978-626-7258-40-8